लक्ष्मी

धन की देवी

OM KIDZ

Published in 2013 by

An imprint of Om Books International

Corporate & Editorial Office
A 12, Sector 64, Noida 201 301
Uttar Pradesh, India
Phone: +91 120 477 4100
Email: editorial@ombooks.com
Website: www.ombooksinternational.com

Sales Office
4379/4B, Prakash House, Ansari Road
Darya Ganj, New Delhi 110 002, India
Phone: +91 11 2326 3363, 2326 5303
Fax: +91 11 2327 8091
Email: sales@ombooks.com
Website: www.ombooks.com

Content: Subhojit Sanyal
Editor: Sonalini Chaudhry
Layout : Gagan Deep Chawla
Illustration: Vinit, Salil Anand, Khushiram Sharma

ISBN: 978-93-81607-41-1

Printed in India

10 9 8 7 6 5 4 3 2 1

अनुक्रमणिका

देवी लक्ष्मी

हिंदू पुराणों में हर देवी-देवता का अपना एक वाहन होता है। देवी लक्ष्मी का वाहन उल्लू है। उल्लू को संस्कृत में "उलूक" कहते हैं, जो धन-दौलत और संपदा का प्रतीक है। हिंदू देवी लक्ष्मी में ये सारे गुण होते हैं। लक्ष्मी कमल पर भी आसीन होती हैं, जो मन की शुद्धता का प्रतीक है।

उन्हें प्राणदायिनी भी कहा जाता है क्योंकि लक्ष्मी निर्जीव वस्तुओं को भी जीवन दे सकती हैं। लक्ष्मी का विश्व की धन-दौलत और शक्ति पर नियंत्रण होता है।

समुद्र मंथन

धर्मग्रंथों में बताई कहानियों के अनुसार देवी लक्ष्मी समुद्र मंथन के दौरान प्रकट हुई थीं।

ऐसा माना जाता है कि ऋषि दुर्वासा एक बार हाथ में फूलों का हार लिए जंगल से जा रहे थे। उसी समय इंद्रदेव अपने सफेद हाथी ऐरावत पर सवार होकर जा रहे थे। इंद्रदेव को सामने देख दुर्वासा ऋषि ने उन्हें हार भेंट किया। इंद्र ने उदारतापूर्वक हार ग्रहण किया और उसे ऐरावत के सिर पर रख दिया। सिर पर हार

रखने से फूलों की गंध से ऐरावत चिढ़ गया और वह अपना सिर हिलाने लगा, जिससे हार धरती पर गिर गया। फूलों की गंध से परेशान ऐरावत ने हार को कुचल भी दिया।

यह देखकर, दुर्वासा ऋषि बहुत क्रोधित हुए और उन्होंने इंद्र को श्राप दे दिया, "जिस तरह से यह हार नीचे फेंका गया है, उसी तरह से एक दिन तुम भी सिंहासन से फेंक दिए जाओगे। इन फूलों में श्री का वास होता है और फूलों का अपमान करके तुमने श्री का भी अपमान किया है।" लक्ष्मी का ही एक और नाम श्री होता है।

इंद्रदेव अपने किए पर बहुत लज्जित हुए और ऋषि से क्षमा माँगने लगे। ऋषि दुर्वासा ने इस पर इतना ही कहा, "अब तुम्हें केवल भगवान विष्णु ही बचा सकते हैं।"

ऋषि दुर्वासा के श्राप के कारण श्री ने इंद्रदेव का साथ छोड़ दिया। उनके जाते ही इंद्र की शक्ति और समृद्धि तुरंत गायब हो गई। असुरों ने इस सुनहरे अवसर का लाभ उठाकर स्वर्ग में देवताओं पर आक्रमण कर दिया और उन्हें पराजित कर दिया। असुरों ने स्वर्ग पर राज हथिया लिया और इंद्र को राज्य गँवाना पड़ गया। देवता स्वर्ग में असुरों का राज नहीं चाहते थे। उन्हें कोई उपाय नहीं सूझा तो बृहस्पति, ब्रह्मा और अन्य देवता भगवान विष्णु की शरण में पहुँचे। उनकी समस्या सुनकर भगवान विष्णु बोले, “चिंता मत करो। मेरे पास आप लोगों की समस्या का समाधान है।”

उन्होंने बताया कि ऋषि दुर्वासा के श्राप के कारण देवी लक्ष्मी क्षीरसागर में गहराई में चली गई हैं, इसलिए असुर देवताओं को परेशान कर रहे हैं। उन्होंने यह भी कहा कि देवी लक्ष्मी को वापस लाने का एकमात्र उपाय क्षीरसागर का मंथन है। उन्होंने सुझाव दिया कि मंदराचल पर्वत को मथनी बनाकर

और सर्पराज वासुकि को रस्सी बनाकर समुद्र मंथन किया जा सकता है।

भगवान विष्णु ने यह भी कहा कि वे उचित समय पर स्वयं भी देवताओं की सहायता करेंगे। समुद्र मंथन करके क्षीरसागर के तल में पड़े अमृत को निकालना था। अमृत को पीने से देवता अमर हो जाते और फिर आसानी से असुरों को हरा सकते थे।

इस सबके बावजूद, समुद्र को मथना कोई सरल कार्य नहीं था। समुद्र के तल से अमृत निकालने के लिए देवताओं को बहुत अधिक शक्ति की आवश्यकता पड़नी थी। उन्हें समझ में आ गया कि समुद्र मंथन में उन्हें असुरों की सहायता भी लेनी पड़ेगी।

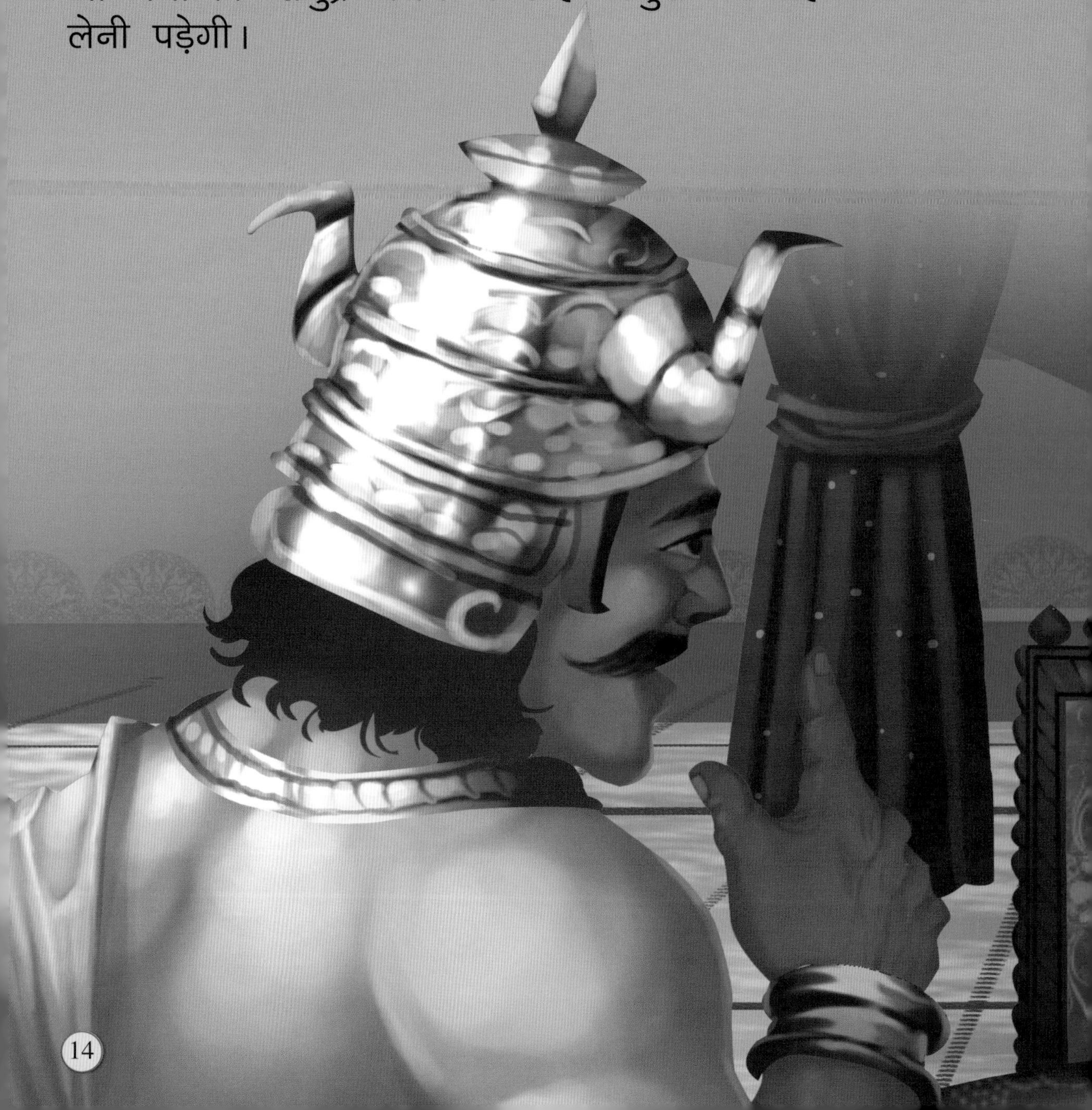

बृहस्पति देव इंद्रदेव के गुरु भी थे। वे असुरों के पास गए और उन्हें मिल-जुलकर अमृत निकालने पर राजी करने लगे। उन्होंने असुरों को समझाया कि अमृत पीकर वे लोग भी अमर हो जाएँगे। यह सुनकर असुर देवताओं की सहायता करने के लिए तुरंत तैयार हो गए।

देवताओं और असुरों ने मिलकर वासुकि नाग को मंदराचल पर्वत के चारों ओर लपेटा। असुरों ने वासुकि नाग का सिर पकड़ा और देवताओं ने उनकी पूँछ पकड़ी। धीरे-धीरे उन्होंने वासुकि को अपनी-अपनी ओर खींचना शुरू किया और इस प्रकार पर्वत अपनी जगह घूमने लगा। जब असुर और देवता वासुकि को खींच रहे थे, तभी मंदराचल पर्वत समुद्र में डूबने

लगा। मंदराचल पर्वत अगर डूब जाता तो समुद्र मंथन असंभव हो जाता। भगवान विष्णु ने तुरंत ही कछुए के रूप में अवतार लिया, जिसे कच्छप अवतार कहा जाता है। कच्छप अवतार में विष्णु ने स्वयं को मंदराचल पर्वत के नीचे लगा दिया। उनकी कठोर पीठ पर मंदराचल पर्वत ठहर गया।

अब देवता और असुर काफी समय तक वासुकि को खींच-खींचकर समुद्र मंथन में लगे रहे। मंथन का कार्य

धीरे-धीरे हो ही रहा था कि वासुकि ने अपने मुँह से भयानक विष उगल दिया, जिसे हलाहल कहा जाता है। हलाहल विष इतना भयंकर था कि उससे समूचा ब्रह्मांड नष्ट हो सकता था।

देवताओं ने भगवान शिव से सहायता माँगी क्योंकि उस भयंकर विष से वे ही रक्षा कर सकते थे। भगवान शिव ने

समूचा विष एक बार में ही गटक लिया। विष इतना भयंकर था कि उससे शिव जी के गले में नीला निशान पड़ गया। इसी कारण शिव को नीलकंठ अर्थात नीले गले वाला भी कहा जाता है।

भगवान शिव के हलाहल विष पीते ही देवता और असुर फिर से समुद्र मंथन में जुट गए। समुद्र मंथन का कार्य आगे बढ़ने पर समुद्र से बहुमूल्य रत्न निकलने लगे। सात सिरों वाला

घोड़ा उच्चैश्रवा भी उससे निकला। इसी तरह सारी इच्छाएँ पूरी करने वाले पेड़ कल्पवृक्ष के साथ-साथ वरदान देने वाली गाय कामधेनु भी उससे प्रकट हुई। कई ब्रह्मांडीय वस्तुएँ भी प्रकट होने लगीं। मंथन कार्य की प्रगति के साथ-साथ अप्सराएँ भी प्रकट हुईं। कई घंटों की मेहनत के बाद समुद्र की लहरों से सबसे सुंदर देवी प्रकट हुई। वह मुस्कराती हुई पूरी तरह से खिले कमल पर खड़ी थी।

उसकी मुस्कराहट से समूचे समुद्र में रोशनी फैल गई।

देवता भी उसकी प्रशंसा में स्तुति-गान करने लगे। गंधर्व और अप्सराएँ भी कांतियुक्त देवी के प्रकट होने से प्रसन्न होकर नाचने लगे। तभी, समुद्रराज ने वहाँ आकर सभी को बताया कि वह सुंदरी उनकी पुत्री लक्ष्मी है।

समुद्रराज ने लक्ष्मी को एक हार दिया। हाथी मिलकर लक्ष्मी पर पानी छिड़कने लगे। लक्ष्मी जी ने अपने पिता से हार लिया और भगवान विष्णु के गले में डाल दिया। विष्णु ने हार स्वीकार किया और इस प्रकार देवी लक्ष्मी उनकी पत्नी बन गईं।

तभी देवताओं के वैद्य धन्वंतरि अपने हाथों में पवित्र कलश में अमृत लेकर आ पहुँचे। देवताओं ने असुरों के साथ चालाकी की और सारा अमृत पी लिया। असुर अब देवताओं से लड़ने के योग्य नहीं बचे थे। देवताओं ने फिर से स्वर्ग का राज पा लिया।

कौन अधिक शक्तिशाली है?

एक बार भगवान विष्णु और लक्ष्मी जी में भारी विवाद हो गया। दोनों ही अपने को एक-दूसरे से

अधिक शक्तिशाली बता रहे थे। विवाद के दौरान क्रोधित लक्ष्मी ने विष्णु को चुनौती दी कि वे अपने को अधिक शक्तिशाली साबित करके दिखाएँ। अपना दावा सच सिद्ध करने के लिए विष्णु ने साधु का रूप धरा और धरती पर चले गए।

धरती पर भगवान विष्णु एक धनी व्यक्ति से मिले। वह व्यक्ति बहुत नेक था। उसने साधु को अपने घर आमंत्रित किया। अपने घर पर धनी व्यक्ति ने साधु को अच्छी तरह से भोजन कराया और दुनिया की सारी सुख-सुविधाएँ दीं। साधु धनी व्यक्ति के भक्ति-भाव से बहुत प्रसन्न हुआ। वह जहाँ भी जाता, उस धनी व्यक्ति के गुणगान करता रहता।

कुछ दिनों बाद एक वृद्ध महिला भी उस धनी व्यक्ति के घर पहुँची। धनी व्यक्ति ने उसे तुरंत अंदर बुलाया और उसे भोजन कराया। धनी व्यक्ति धातु की एक थाली में उसके लिए भोजन लाया। उस महिला के छूते ही वह थाली सोने की बन गई। धनी व्यक्ति यह देखकर हैरान रह गया। उसे विश्वास हो गया कि उस वृद्ध महिला के पाई कोई सिद्धि है।

उसने महिला से अनुरोध किया कि वह उसी के घर में रहने लगे और उसके घर की सारी धातु की वस्तुओं को सोना बना दे! वृद्ध महिला कुछ देर सोचने के बाद बोली कि वह तभी उसके घर ठहर सकती है, जब वह पहले वाले साधु को घर से निकाल दे। धनी व्यक्ति को यह बात अच्छी नहीं लगी लेकिन धन के लालच में वह मान गया। वह साधु के पास जाकर कहने लगा कि उसके घर कुछ अतिथि आने वाले हैं, इसलिए वह घर से चला जाए। साधु ने अपना सारा सामान समेटा और घर से चला गया। जैसे ही साधु घर से निकला, वह वृद्ध महिला भी उसके पीछे-पीछे चल दी। आखिरकार, वह साधु उस महिला का पति था और उसके साथ ही उसे रहना था!

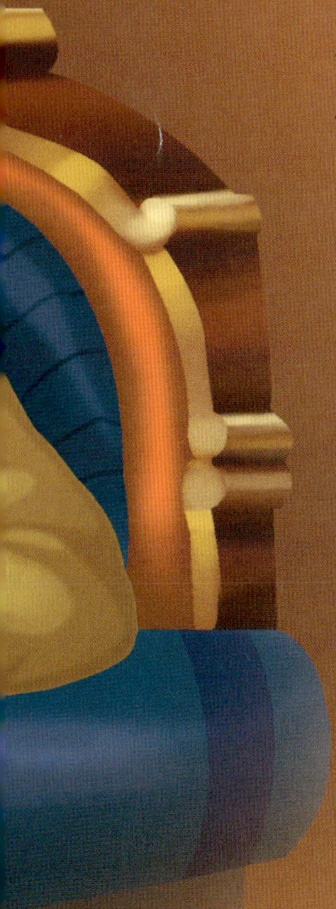

देवी लक्ष्मी अब भगवान विष्णु को देखकर मुस्कराने लगीं क्योंकि उन्होंने सिद्ध कर दिया था कि वे विष्णु से अधिक शक्तिशाली तो हैं ही, साथ ही कर्तव्यपरायण पत्नी भी हैं।

देवी लक्ष्मी और निर्धन लड़की

एक लड़की अपने निर्धन पिता के साथ रहती थी। उनके घर के सामने पीपल का पेड़ लगा था। लड़की हर दिन पेड़ को सींचा करती थी। उसी पेड़ के पास एक महिला रहती थी। लड़की जब पेड़ को सींचने जाया करती थी, तो वह महिला उससे दोस्ती करने का अनुरोध करने लगती। लड़की को उस महिला से बहुत डर लगता था, इसलिए वह उससे बचकर रहती थी।

कुछ दिनों में लड़की का विवाह हो गया। एक बार अपने विवाह के बहुत दिनों बाद वह लड़की अपने पिता के घर आई। अपने पिता से उसने पीपल के पेड़ के पास रहने वाली महिला के बारे में बताया।

उसके बूढ़े पिता ने उसकी बात सुनी और उसे पेड़ के बारे में कुछ विशेष बात बताई। पौराणिक कथा के अनुसार, माना जाता है कि लक्ष्मी पीपल के पेड़ पर निवास करती हैं। पिता ने लड़की से कहा कि अब अगर वह महिला मिले, तो उससे दोस्ती कर लेना।

अगले दिन, वह लड़की पीपल को सींचने गई, तो फिर वह महिला उसके पास आ गई और उससे दोस्ती करने का अनुरोध करने लगी। इस बार लड़की मान गई और उस महिला ने उसे अपने घर भोजन करने का न्यौता दिया।

अगले दिन, वह लड़की उस महिला के घर गई। वहाँ वह भोजन की शानदार व्यवस्था देखकर स्तब्ध रह गई। खाने-पीने के सारे बर्तन सोने के थे। उस लड़की ने इतना शानदार भोजन अपने जीवन में कभी नहीं किया था।

भोजन करने के बाद जब वह अपने घर लौटने लगी, तो उसने भी महिला को अगले दिन अपने घर भोजन करने का आमंत्रण दे दिया। वह महिला तुरंत तैयार हो गई।

घर आने के बाद लड़की चिंता में पड़ गई। उसके पिता बहुत निर्धन थे। वे किसी भी तरह से उस तरह के भोजन की व्यवस्था नहीं कर सकते थे, जिस तरह का भोजन उस महिला ने कराया था। उसने अपने पिता को इस बारे में बताया।

उसके पिता ने उससे हिम्मत रखने को कहा। पिता ने उससे कहा कि वह लड्डू बनाए और छत पर रखकर प्रार्थना करे। लड़की ने वैसा ही किया, जैसा उसके पिता ने कहा था। वह छत पर

लड्डू लेकर गई। जब वह प्रार्थना करने लगी, तो एक कौआ आया और लड्डू उठा ले गया। कौआ जब लड्डू उठा रहा था, तो उस समय उसकी चोंच से कुछ सामान गिरा। वह सामान रत्नजड़ित हार था!

हार पाकर वह लड़की बहुत प्रसन्न हुई। उसने एक जौहरी को वह हार महँगे दामों में बेच दिया। हार बेचकर मिले पैसे से उसने महिला के लिए बढ़िया भोजन तैयार किया।

उस शाम भोजन करके देवी लक्ष्मी इतनी प्रसन्न हुईं कि उन्होंने लड़की के पिता के घर ही रुक जाने का निश्चय किया। इस प्रकार वह बहुत धनी और समृद्ध हो गया।

अनोखा विवाद

हिंदू देवता शनि दंड के देवता माने जाते हैं। सूर्यदेव के पुत्र शनिदेव पूरी दुनिया में न्याय की रक्षा करते हैं। जब कोई व्यक्ति कुछ बुरा करता है तो शनिदेव उसे नष्ट कर देते हैं। जब कोई भले काम करता है तो शनिदेव उस पर कृपा करते हैं और उसकी इच्छाएँ पूरी करते हैं।

एक बार शनिदेव और लक्ष्मी जी में इस बात को लेकर विवाद हो गया कि दोनों में से अधिक शक्तिशाली कौन है। शनिदेव का तर्क था कि वे अधिक शक्तिशाली हैं क्योंकि वे दुनिया में न्याय की रक्षा का दायित्व उठाते हैं। लक्ष्मी जी का कहना था कि वे अधिक शक्तिशाली हैं क्योंकि वे ही लोगों के जीवन में सुख-समृद्धि लाती हैं।

जब दोनों के बीच कोई निर्णय नहीं हो सका तो वे नारद मुनि के पास गए। नारद मुनि भगवान विष्णु के परम भक्त थे। लक्ष्मी जी को विश्वास था कि विष्णुभक्त होने के नाते नारद मुनि उनका ही पक्ष लेंगे।

हालाँकि, नारद मुनि के मन में कुछ और चल रहा था।

वे जानते थे कि अगर उन्होंने लक्ष्मी जी को अधिक शक्तिशाली घोषित किया तो शनिदेव उनका नाश कर देंगे। इसी तरह अगर उन्होंने शनिदेव का पक्ष लिया तो लक्ष्मी जी भगवान विष्णु से शिकायत कर देंगी।

उन्हें कुछ समझ में नहीं आ रहा था। उन्होंने दोनों से कुछ कदम पीछे जाने और फिर आगे आने को कहा। जब दोनों ने ऐसा कर दिया तो नारद ने उनसे फिर से वैसा करने को कहा। काफी देर तक वे दोनों नारद मुनि का कहना मानते रहे फिर दोनों ही थकने लगे।

दोनों ने नारद मुनि से क्रोधित होकर पूछा कि वे क्यों दोनों को आगे-पीछे चलवाने में लगे हैं। चतुर नारद मुनि ने जवाब दिया कि शनिदेव पीछे जाते समय अधिक अच्छे लगते हैं क्योंकि इसका मतलब दंड का समापन होता है। इसी तरह लक्ष्मी जी आती हुई अच्छी लगती हैं क्योंकि इसका मतलब धन-दौलत का आगमन होता है।

इस प्रकार, उन्होंने निर्णय सुनाया कि दोनों ही समान शक्तिशाली हैं।

देवी लक्ष्मी और शूद्र महिला

एक श्रीया नाम की महिला थी। उसे कोई पसंद नहीं करता था क्योंकि वह शूद्र थी। वह हर समय लक्ष्मी जी का स्मरण करती रहती थी।

उसकी भक्ति से प्रसन्न होकर लक्ष्मी जी ने भगवान जगन्नाथ का घर छोड़कर श्रीया के घर में रहने का निश्चय कर लिया।

जब भगवान जगन्नाथ के भाई भगवान बलभद्र को लक्ष्मी जी के जाने की सूचना मिली तो उन्होंने तुरंत अपने भाई को यह बताया। भगवान जगन्नाथ को जब यह पता चला कि लक्ष्मी जी ने किसी शूद्र महिला के घर में रहने के लिए उनका घर छोड़ दिया है, तो वे बहुत क्रोधित हुए।

उन्होंने लक्ष्मी जी से कह दिया कि वे उन्हें दुबारा मंदिर में नहीं घुसने देंगे।

भगवान जगन्नाथ का क्रोध देखकर लक्ष्मी जी बहुत उदास हो गईं और वे अपने पिता के घर चली गईं।

लक्ष्मी जी के जाते ही कुछ ही दिनों में मंदिर की धन-संपत्ति गायब होने लगी। जल्द ही भगवान जगन्नाथ और बलभद्र दाने-दाने के मोहताज हो गए। उनके सामने भिक्षा माँगने की नौबत आ गई। एक दिन वे भिक्षा माँगते-माँगते लक्ष्मी जी के घर पहुँच गए। भगवान जगन्नाथ ने लक्ष्मी जी से क्षमा माँगी और उनसे दुबारा मंदिर चलने का अनुरोध किया। लक्ष्मी जी ने उन्हें और भगवान बलभद्र को क्षमा कर दिया और उनके साथ लौट आईं।

देवी लक्ष्मी और अलक्ष्मी

देवी लक्ष्मी की एक बहिन थी, जिसका नाम अलक्ष्मी था। वो निर्धनता की देवी थीं और उनका स्वभाव देवी लक्ष्मी के स्वभाव से बिलकुल अलग था। देवी लक्ष्मी अनुशासित और

स्वच्छतायुक्त जीवन पसंद करती थीं। वे सुबह जल्दी उठ जाती थीं, बाल सँवारती थीं और नहाती थीं। इसके बाद वे पूजा करती थी और तब अपने प्रतिदिन के काम शुरू करती थीं। वे बहुत हँसमुख भी थीं और अपने सारे काम ईमानदारी से करती थीं।

दूसरी ओर, देवी अलक्ष्मी बहुत आलसी थीं। वह हर दिन देर से उठती थीं और अनुशासन उन्हें बिलकुल पसंद नहीं था। वे हर समय लोगों के साथ चालाकी करती रहतीं और चालबाजी करना ही उनका स्वभाव था। वे सभी से झूठ भी बोला करती थीं और लोगों का मजाक भी उड़ाया करती थीं।

लक्ष्मी जी को हर कोई पसंद करता था लेकिन अलक्ष्मी को कोई पसंद नहीं करता था। दोनों बहिनें बड़ी हुईं तो लक्ष्मी जी का विवाह भगवान विष्णु से हो गया। देवी अलक्ष्मी से विवाह करने को कोई तैयार नहीं था।

अलक्ष्मी की दशा देखकर लक्ष्मी जी को दया आने लगी। उन्होंने भगवान विष्णु से कहा कि वे किसी तरह से अलक्ष्मी का विवाह करवाएँ। वे कहने लगीं, "हे स्वामी, आप तो सर्वशक्तिमान हैं। आपके लिए कुछ भी असंभव नहीं। कृपया मेरी बहिन के विवाह के लिए कुछ उपाय कीजिए। मुझे उसकी बहुत चिंता रहती है।"

भगवान विष्णु ने उनकी बात सुनी लेकिन वे कहने लगे, "प्रिय लक्ष्मी, मैं क्या कर सकता हूँ? अलक्ष्मी की समस्या यह है कि उससे कोई विवाह नहीं करना चाहता। तनिक उसकी शक्ल-सूरत देखो, उसका स्वभाव देखो। वह बहुत आलसी हैं और हमेशा लोगों को तंग करती रहती है और परेशान करती रहती है।"

देवी लक्ष्मी ने फिर से भगवान विष्णु को समझाया, "स्वामी, क्यों न हम अलक्ष्मी का विवाह किसी साधु से करवा दें? साधु को तो उसकी शक्ल-सूरत या आदतों से कोई परेशानी नहीं होगी। वह तो अपने धर्म-कर्म में ही व्यस्त बना रहेगा।"

भगवान विष्णु ने देवी लक्ष्मी की बात मान ली। कुछ ही दिनों में उन्होंने एक साधु से अलक्ष्मी का विवाह करवा दिया।

विवाह के पश्चात, देवी अलक्ष्मी का मन साधु से जल्द ही ऊब गया। वे फिर से आलस और मनमानी से भरा जीवन जीने लगीं। साधु का भी धीरज जवाब दे गया और जल्द ही दोनों अलग हो गए।

देवी अलक्ष्मी फिर से एकाकी हो गईं। जब उन्हें कुछ समझ में नहीं आया तो वे अपनी बहिन देवी लक्ष्मी के पास पहुँच गईं।

देवी लक्ष्मी फिर से भगवान विष्णु के पास गईं और कहने लगीं, "हे स्वामी, क्या आप अलक्ष्मी के लिए एक उपयुक्त निवास की व्यवस्था कर सकते हैं, जहाँ वह अपने तरीके से रह सके?"

भगवान विष्णु अपनी पत्नी की बात सहर्ष मान गए। वे तीनों अच्छे निवास की तलाश में धरती पर उतर आए।

ढूँढ़ते-ढूँढ़ते भगवान विष्णु की निगाह दूर एक पीपल के पेड़ पर पड़ी। वे देवी अलक्ष्मी से बोले, "तुम यहीं रहने लगो। यह एकांत जगह है। यहाँ आसपास कोई नहीं रहता। यहाँ तुम्हें साफ-सफाई करने की भी आवश्यकता नहीं पड़ेगी!"

देवी अलक्ष्मी को वह जगह अच्छी नहीं लगी। वे कहने लगीं। "यह जगह इतनी सुनसान है कि यहाँ तो भूत-प्रेत ही रह सकते हैं। मैं यहाँ सुखी कैसे रह पाऊँगी?"

भगवान विष्णु मुस्कराने लगे और बोले कि हर शनिवार को वे स्वयं और लक्ष्मी जी इस पीपल के पेड़ पर अवश्य आया करेंगे।

आज भी, लोग हर शनिवार को पीपल के पेड़ को पानी देते हैं और पूजा-अर्चना करते हैं क्योंकि ऐसा माना जाता है कि शनिवार को विष्णु और लक्ष्मी पीपल के पेड़ पर अवश्य आते हैं।

लक्ष्मी और राजा बलि

भक्त प्रह्लाद के पोते असुरराज बलि ने एक बार विश्व की सारी सेनाओं के विरुद्ध युद्ध छेड़ दिया। वह भगवान विष्णु

का परम भक्त था और उनके वरदान की सहायता से उसने भूलोक, पाताल और आकाश सबको जीत लिया। स्वर्ग के सारे देवता और इंद्र भागे-भागे भगवान विष्णु के पास पहुँचे और उनसे सहायता की याचना करने लगे।

भगवान विष्णु तुरंत उनकी सहायता के लिए तैयार हो गए। उन्होंने वामन अवतार धारण किया और बलि के सामने प्रकट हो गए।

राजा बलि बहुत दानी था। वामन ने उससे मात्र तीन पग भूमि माँगी। बलि तुरंत राजी हो गया। उसने सोचा, "एक बौना बहुत थोड़ी भूमि ही नाप पाएगा।"

बलि के राजी होते ही वामन ने विशाल रूप धारण कर लिया। अपने पहले पग से उसने स्वर्ग और धरती के बीच की सारी दूरी नाप ली। दूसरे पग में उसने धरती से पाताल

तक की दूरी नाप ली। अब उसे तीसरा पग रखने के लिए कोई जगह नहीं बची थी!

बलि सत्यवादी और वचन का पक्का भी था। तीसरे पग के लिए जगह न देख, उसने अपनी हार मान ली और वामन का तीसरा पग रखने के लिए अपना सिर आगे कर दिया। भगवान विष्णु राजा बलि की वचनबद्धता से बहुत प्रभावित हुए और उन्होंने बलि को पाताल का राजा बना दिया।

भगवान विष्णु जानते थे कि बलि के बहुत सारे शत्रु हैं, जिनसे उसकी रक्षा करनी होगी। उन्होंने बलि को संकटों से बचाने के लिए उसके द्वारपाल का रूप धारण कर लिया।

भगवान विष्णु पाताल लोक के द्वार पर द्वारपाल के रूप में खड़े हो गए। इससे देवी लक्ष्मी वैकुंठ में अकेली हो गईं। वे भी पृथ्वी पर आ गईं और ब्राह्मण महिला का रूप धरकर सीधे अपने पति को लेने पाताल लोक पहुँच गईं।

उन्होंने बलि को बताया कि उनके पति का काफी दिनों से कोई पता नहीं है, इसलिए उन्हें रहने के लिए जगह चाहिए। राजा बलि ने उनका स्वागत किया और अपनी बहिन की ही तरह उनकी देखभाल करने लगा। बलि यह नहीं पहचान पाया था कि वह औरत और कोई नहीं, बल्कि देवी लक्ष्मी ही हैं ।

आखिरकार, श्रावण मास में पूर्णमासी के दिन देवी लक्ष्मी ने बलि की कलाई पर एक रंगीन धागा बाँधा और उसकी कुशलता तथा सुख के लिए पूजा की। बलि उनका प्यार और लगन देखकर बहुत प्रभावित हुआ। उसने देवी लक्ष्मी से कुछ भी माँगने को कहा।

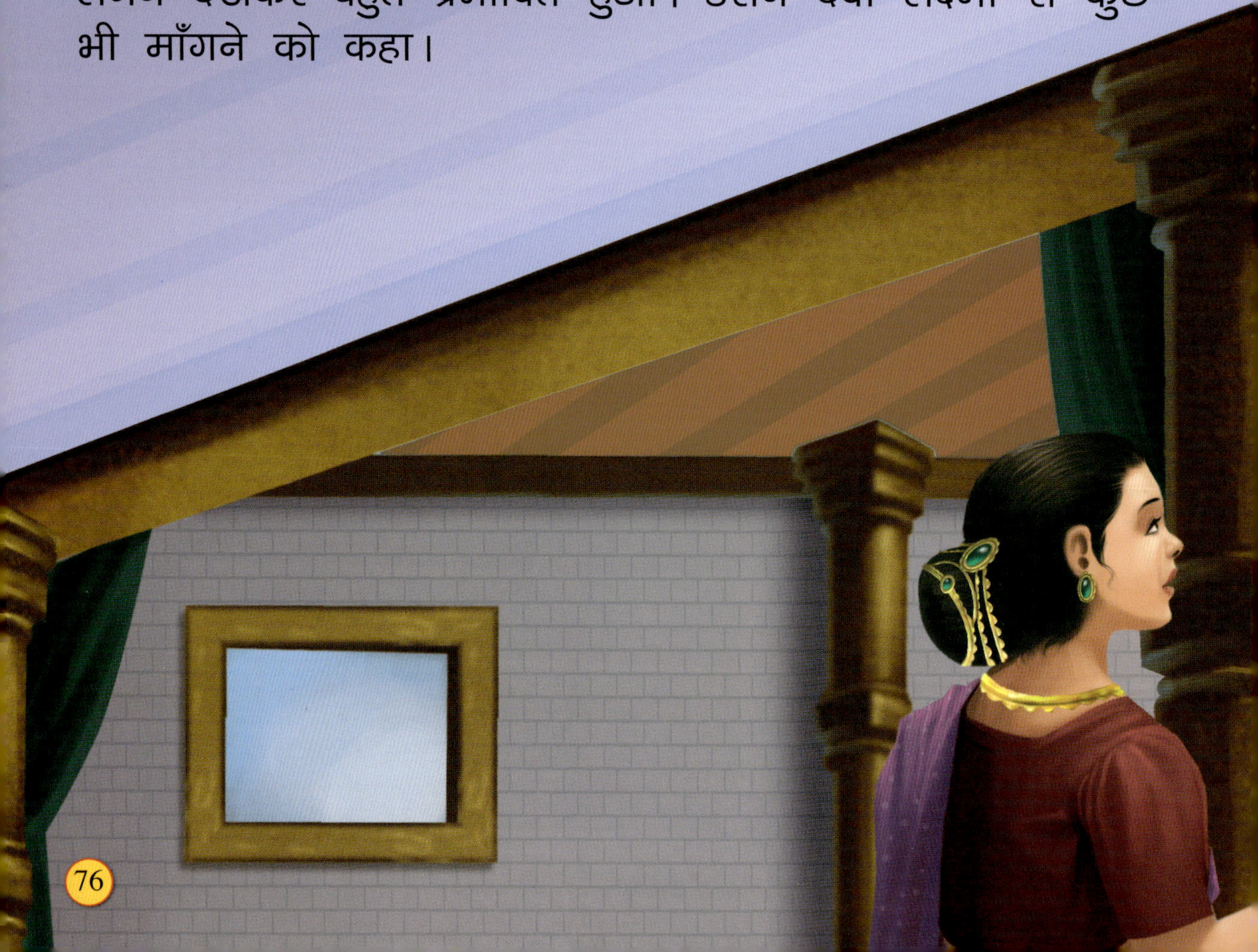

देवी लक्ष्मी ने तुरंत द्वारपाल की ओर इशारा करते हुए अपने पति को वापस करने का अनुरोध किया। राजा बलि समझ नहीं पाया कि यह द्वारपाल इस ब्राह्मण महिला का पति कैसे हो सकता है। तब, भगवान विष्णु और देवी लक्ष्मी अपने वास्तविक स्वरूप में प्रकट हो गए।

बलि बहुत नेक व्यक्ति था और उसे भाई के कर्तव्य का भी पूरा ध्यान था। उसने भगवान विष्णु से अनुरोध किया कि वे लक्ष्मी के साथ वैकुंठ लौट जाएँ।

भगवान विष्णु और देवी लक्ष्मी के प्रति बलि की भक्ति को याद करने के लिए तभी से बलेवा त्यौहार मनाया जाता है। तभी से भाई अपनी बहिनों को रक्षासूत्र यानी राखी बाँधने के लिए बुलवाते हैं और रक्षाबंधन मनाया जाता है।

TITLES IN THIS SERIES

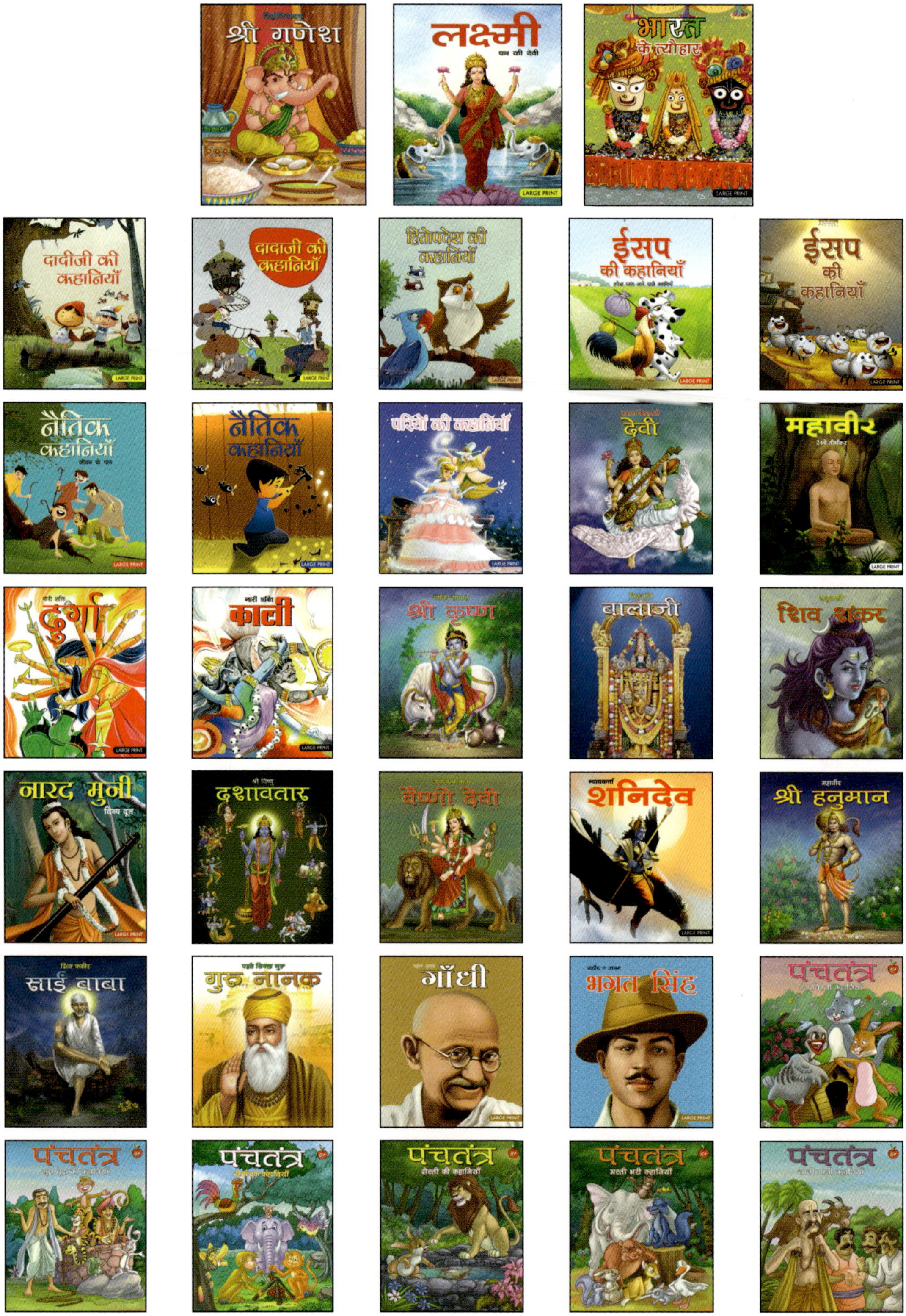